¡Qué montón de
TAMALES!

GARY SOTO

ilustrado por ED MARTINEZ

traducido por ALMA FLOR ADA y F. ISABEL CAMPOY

Penguin Putnam Books for Young Readers

*A los miembros de la
Iglesia Presbiteriana Hispana de Oakland,
especialmente Heidy Morataya
—G. S.*

*A mi mejor amiga, mi esposa, Debbi
—E. M.*

Text copyright © 1993 by Gary Soto
Illustrations copyright © 1993 by Ed Martinez
Spanish translation by Alma Flor Ada and F. Isabel Campoy, copyright © 1996
by The Putnam & Grosset Group. All rights reserved. This book, or parts thereof,
may not be reproduced in any form without permission in writing from the publisher.
A PaperStar Book, published in 1996 by Penguin Putnam Books for Young Readers,
345 Hudson Street, New York, NY 10014.
PaperStar is a registered trademark of The Putnam Berkley Group, Inc.
The PaperStar logo is a trademark of The Putnam Berkley Group, Inc.
Originally published in English in 1993 by G. P. Putnam's Sons, New York.
Published simultaneously in Canada.
Printed in Hong Kong.
Library of Congress Cataloging-in-Publication Data
Soto, Gary. Too many tamales / by Gary Soto;
illustrated by Ed Martinez.   p.   cm.
Summary: Maria tries on her mother's wedding ring while helping
make tamales for a Christmas family get-together. Panic ensues
when, hours later, she realizes the ring is missing.
[1. Christmas—Fiction.   2. Mexican Americans—Fiction.
3. Rings—Fiction.]   I. Martinez, Ed, ill.   II. Title.
PZ7.S7242To   1993   [E]—dc20
91-19229   CIP   AC
ISBN 0-698-11413-2 (Spanish)
ISBN 0-698-11412-4 (English)
7   9   10   8   6

La nieve se iba amontonando en las calles y como empezaba a oscurecer, los árboles de Navidad resplandecían desde las ventanas.

María despegó la nariz del cristal de la ventana y regresó al mostrador de la cocina. Se estaba portando como una niña grande, ayudando a su madre a hacer tamales. Tenían las manos pegajosas de masa.

—Lo estás haciendo muy bien —le dijo su mamá.

María, contenta, se puso a trabajar la masa con las manos. Se sentía como una persona mayor llevando el delantal de su madre puesto. Su mamá incluso la había dejado pintarse los labios y ponerse perfume. "Si sólo pudiera ponerme el anillo de mamá," pensaba ella.

La madre de María había dejado su anillo de diamantes sobre el mostrador de la cocina. A María le fascinaba cómo brillaba, igual que las luces del árbol de Navidad.

Cuando su madre salió de la cocina para contestar el teléfono, María no pudo resistir la tentación. Se limpió las manos en el delantal y miró de reojo hacia la puerta.

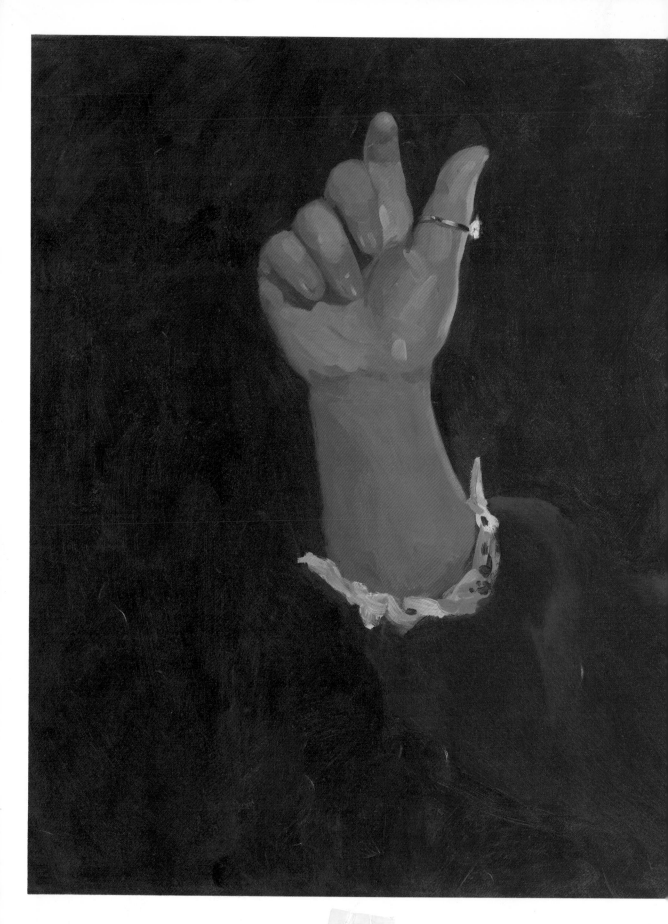

"Me lo pondré sólo un ratito," se dijo para sí misma.

El anillo le brillaba en el dedo.

María siguió trabajando la masa en la que sus manos se hundían una
y otra vez. El anillo en su pulgar desaparecía y reaparecía en la masa
pegajosa.

Su madre regresó a la cocina y le **dijo** retirándole la fuente de las manos:
—Ve a buscar a tu papá para **que nos ayude** con esta parte.

Y los tres empezaron a repartir la masa en las hojas secas de maíz. El padre
de María colocaba la carne en el centro y doblaba las hojas. Luego colocaba
los tamales en una gran olla que estaba al fuego.

Hicieron veinticuatro tamales mientras las ventanas se empañaban con
caracolillos de vapor de un olor delicioso.

Unas horas más tarde, con los brazos cargados de regalos muy vistosos
llegó la familia: los abuelos de María, su tío y su tía y sus primos Dolores,
Teresa y Danny.

María los saludó a todos con un beso. Luego cogió del brazo
a Dolores y se la llevó arriba a jugar, mientras los otros primitos
las seguían.

Recortaron dibujos del periódico, dibujos de los juguetes que esperaban estuvieran en los paquetes que había debajo del arbolito de Navidad. Mientras María recortaba el dibujo de un collar de perlas sintió un escalofrío por todo el cuerpo.

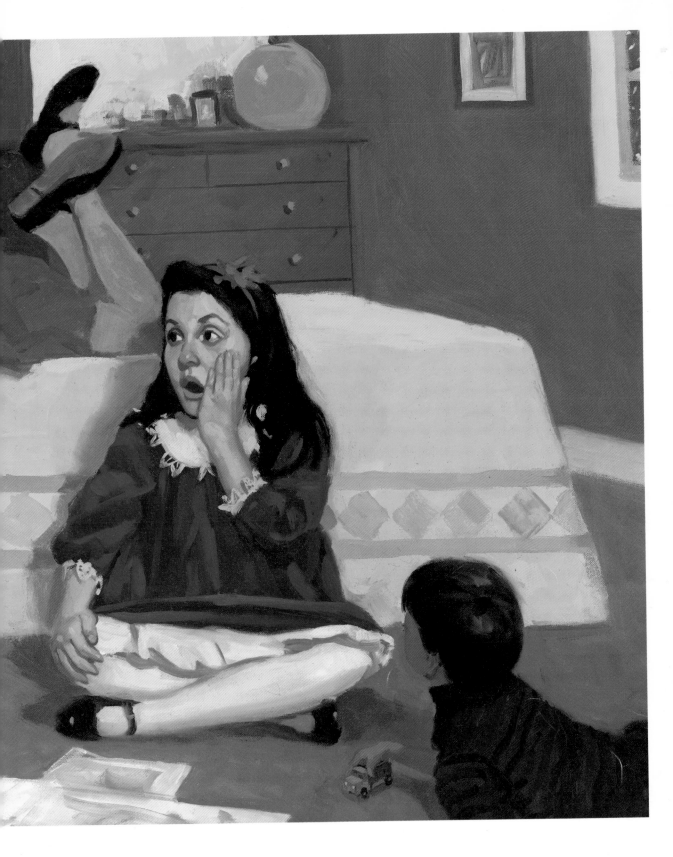

—¡El anillo! —gritó.

Todos la miraron con sorpresa.

—¿Qué anillo? —preguntó Dolores.

Sin responder, María corrió hacia la cocina.

Los tamales, todavía humeantes, se amontonaban en una fuente. "El anillo está dentro de uno de estos tamales," se dijo a sí misma. "Debió de caérseme cuando trabajaba la masa."

Dolores, Teresa y Danny llegaron a la cocina siguiéndola.

—¡Tienen que ayudarme! —gritó María.

Los cuatro se miraron. Danny fue el primero en hablar:

—Y ¿qué quieres que hagamos?

—¡Hay que comerse estos tamales! —dijo ella—. Y si muerden algo duro, díganmelo.

Los cuatro empezaron a comer. Iban arrancando las hojas y comiéndose los tamales. El primero estaba estupendo, el segundo también estaba bueno, pero al tercer tamal ya se habían cansado del sabor.

—Tienen que seguir comiendo —les ordenó María.

Las hojas de maíz habían ido cubriendo todo el suelo. Tenían el estómago tan hinchado que les dolía, pero los primos siguieron comiendo hasta que no quedó más que un tamal en la fuente.

—Tiene que ser éste —dijo María—. ¡El anillo tiene que estar en éste!
Cada uno tiene que darle un mordisco. Tú primero, Danny.
Danny era el más pequeño así que no protestó. Le dio un mordisco. Nada.

Dolores le dio otro mordisco. Nada. Teresa le dio un mordisco bien grande. Todavía nada. Le tocó el turno a María. Respiró hondo y lenta, suavemente, se metió en la boca el último trozo de tamal.

¡Nada!

—¿Ninguno de ustedes mordió algo duro? —preguntó María.

Danny frunció el ceño:

—Yo creo que me tragué algo duro —dijo.

—¡Que te lo tragaste! —gritó María con ojos aterrorizados. Le miró dentro de la boca.

Teresa dijo:

—Yo no mordí nada duro pero me siento mal. —Se sujetó el estómago con ambas manos. ¡María no se atrevió a mirar dentro de la boca de Teresa!

Quería echarse al suelo y llorar. Ahora el anillo estaba en la garganta de su primo o, peor aún, en su barriga. ¿Cómo iba a poder decirle algo así a su madre?

"Pero se lo tengo que decir," pensó.

Sentía cómo las lágrimas pugnaban por salir cuando llegó a la sala donde
estaban los mayores charlando.

Hablaban tan alto que María no se atrevía a interrumpirlos. Por fin, le tiró
a su madre de la manga.

—¿Qué pasa? —le preguntó su madre, cogiéndola de la mano.

—He hecho algo que está mal —dijo María entre sollozos.

—¿Qué hiciste? —preguntó su mamá.

María pensó en el hermoso anillo que a estas horas estaría en la barriga de Danny, y se preparó para confesar.

Y entonces se quedó boquiabierta. El anillo estaba en el dedo de su madre, tan brillante como siempre.

—¡El anillo! —casi gritó María.

La madre de María le quitó al anillo un pedacito de masa seca.

—¿Estuviste jugando con él? —le dijo con una suave sonrisa.

—Quería ponérmelo —dijo María, con los ojos fijos en la alfombra.
Y entonces les contó toda la historia de cómo se habían comido
los tamales.

Su madre jugueteó un poco con su anillo en el dedo. De él se desprendió

un guiño de plata. María alzó la vista y su tía Rosa también le hizo un guiño con el ojo.

—Bueno, parece que todos vamos a tener que cocinar otra tanda de tamales —dijo Rosa animadamente.

María se sujetó el estómago mientras todos desfilaban hacia la cocina haciendo bromas y riéndose. Al principio todavía sentía ganas de llorar mientras trabajaba la masa en una gran fuente, junto a su tía Rosa. Mientras sus manos se hundían y volvían a resurgir, una lágrima rezagada cayó desde sus pestañas a la fuente y por un segundo resplandeció como una joya en su dedo.

Entonces Rosa le dio un codazo cariñoso y le dijo:

—Anda, niña, que no es para tanto. Además, todo el mundo sabe que la segunda tanda de tamales siempre sabe mejor que la primera, ¿verdad?

Cuando Dolores, Teresa y Danny oyeron eso desde el otro extremo de la cocina, dejaron escapar un gruñido del tamaño de veinticuatro tamales.

Entonces María no pudo contenerse y se echó a reír. Y en un momento todos estaban riéndose, incluso su madre. Y cuando María volvió a meter las manos en la fuente de la masa, la última lágrima había desaparecido.